AF495272

LE DAVFIN

OV

L'IMAGE D'VN GRAND ROY.

Tirée des proprietez du Daufin du Ciel, & de la Mer.

AV TRES-CHRESTIEN ROY DE FRANCE ET DE NAVARRE, Henry IIII.

Par GVILL. DV-PEYRAT, Conseiller & Aumosnier ordinaire du Roy, & Tresorier de la saincte Chappelle de VINCENNES.

A PARIS,

Chez FRANÇOIS GVEFFIER, ruë sainct Iean de Latran.

M. DCV.

LE DAVFIN OV L'IMAGE D'VN GRAND ROY.

Tirée des proprietez du Daufin du Ciel, & de la Mer.

AV TRES-CHRESTIEN ROY DE FRANCE ET DE NAVARRE, Henry IIII.

STANCES.

I.

Ous offrant ce DAVFIN, *grand Roy, que dois-ie craindre?*
Ce n'est point (comme on dit) mal-à-propos depeindre
Vn Daufin aux forests, & vn Sanglier en mer;
Ie vous offre à-propos, ce qui vous est sortable,
Vn DAVFIN, *d'vn grand Roy le Portraict veritable,*
D'*vn si digne present me pourroit-on blasmer?*

II.

Ie vous offre vn DAVFIN, *non qu'il soit necessaire,*
De vous representer ce qu'vn grand Roy doit faire,
Ce seroit enseigner au Daufin à nager;
Mais pour-ce que d'vn Roy, le Daufin est l'Image,
Et qu'ores vostre Fils, par vn heureux presage,
A ce nom, qui le fait vostre heritier iuger.

III.

Soit que comme Poisson, le Daufin ie contemple,
Soit comme Astre du Ciel, i'admire en luy l'exemple
D'vn Prince de merite, admirable, & parfaict;
Toutes les qualités en vn Prince requises,
Sont au Daufin du Ciel, & de la Mer comprises,
Bref le Daufin n'est rien qu'vn grand Prince en effect.

IIII.

Le Daufin (ce dit-on) fut iadis si fidelle,
Seruant le Dieu Neptune, auecques tant de zelle,
Que dans le Ciel au rang des Astres il fut mis:
Pour estre vn iour heureux sur la voûte suprême,
Vn Roy doit seruir Dieu, d'où vient son Diadème,
Et par qui sur le peuple en terre il est commis.

V.

Le Daufin dans le Ciel est logé pres de l'Aigle,
C'est pour vn grand Monarque vne celeste reigle,
Qu'il aye au-pres de soy des hommes de valeur,
Des Aigles genereux, des vrays foudres de guerre,
Pour faire soubs son bras trembler toute la terre,
Et consacrer son nom au temple de l'Honneur.

VI.

Ceux qui sçauent du Ciel les choses plus recluses,
Ont nommé le Daufin iadis l'Astre des Muses
Sans doute pour monstrer qu'vn Roy les doit cherir:
Car les Muses d'vn Prince eternisent la gloire,
Elles grauent ses faicts sur l'autel de Memoire,
Et mal-gré le trespas l'empeschent de mourir.

VII.

Au leuer de cet Astre, on tient que toute chose,
Pour la conception promptement se dispose,
Quarante iours & plus, comme au plus propre temps;
Aussi tost qu'vn grand Roy paroist dans vn Empire,
Tout y vient à souhait, le Ciel luy semble rire,
Et la terre à l'enui fait esclorre vn Prin-temps.

VIII.

Au Ciel malgré la nuit, au milieu de ses voiles,
Paroist l'Astre-Daufin auecques neuf Estoiles,
En ayant vne en bouche, & à son siege deux,
Trois au ventre, vne au dos, à la queuë le reste,
C'est vn mystere grand, c'est vn secret celeste
Des neuf perfections d'vn Prince genereux.

IX.

Neuf luisantes vertus parmy les nuicts du monde,
Font briller son renom d'vne clairté feconde,
Si le Prince est prudent, iuste & religieux,
Courageux, liberal, doüé de temperance,
S'il est gardant sa foy, s'il est plein de clemence,
S'il aime les Esprits des Muses curieux.

X.

Mais de ces neuf vertus qui font luire vn grand Prince,
Trois principalement bien-heurent sa Prouince,
Prudence au double front, Iustice, & Pieté;
La Prudence (des Roys vraye Pierre de touche)
Doit reluire à-l'enui d'vne Estoile en sa bouche,
Les deux autres au Trosne où sied sa Majesté.

XI.

Les six autres vertus comme Estoiles brillantes,
Seront selon l'estat des choses apparentes,
Esparses çà & là parmy ses actions;
Car au Daufin du Ciel, doit estre ainsi conforme
Le Daufin de la Terre, & faict comme à sa formè,
Il le doit esgaler en ses perfections.

XII.

Quand le Daufin du Ciel loin de nos yeux se cache,
Dans le sein de Thetis, & qu'ayant faict sa tâche,
Il meurt (comme l'on dit) & qu'il ne paroist plus;
Incontinent l'Autonne, auec ses compagnies,
De fiéures, de langueurs, de pestes, de manies,
Arriue sur la terre, & rend les corps perclus.

XIII.

Aussitost que la mort vn grand Roy nous emporte,
De son Empire helas! est ouuerte la porte,
A tous cuisans malheurs, à tous soudains dangers;
La discorde à l'instant se iette à la trauerse,
Et pendant que l'Estat bien souuent se renuerse,
Vn Autonne de maux le liure aux estrangers.

XIIII.

Si le Daufin du Ciel, vn grand Roy represente,
Außi fait le Daufin qui dans la Mer frequente,
Et de tous les Poissons il est tenu pour Roy:
Des Peuples escaillez il porte la Couronne,
Et des plus grands Poissons dont Neptune foisonne,
Il demeure vainqueur les rangeant soubs sa loy.

XV.

Les campagnes de mer où viuent les Baleines,
Sont de vaillans Daufins ordinairement pleines,
Qui les vont deschirant d'arestes & de dens;
Ainsi doit d'vn grand Roy la force estre occupee
A passer les voleurs au trenchant de l'espée,
Et à sauuer les siens, de l'effort des Tyrans.

XVI.

On tenoit le Daufin iadis de tel merite,
Que par loy de franchise, & d'Amour non escrite,
Il estoit defendu de luy faire aucun tort;
La personne d'vn Roy, franche de toute atteinte,
Est par le droict des Gens inuiolable & sainte,
Et qui pense à luy nuire, est coulpable de mort.

XVII.

Le Daufin sans repos & sans fin se remuë,
En vn tel mouuement sa vie se transmuë,
Que iamais le sommeil ne coule dans ses os;
C'est le viuant Portraict d'vn vigilant Monarque,
Qui trauaille sans fin en conduisant sa barque,
Et pour le bien public se priue du repos.

XVIII.

On dit, que le Daufin qui sans fin se manie,
Perdant l'eau de la Mer, pert à-l'instant la vie,
C'est la leçon d'un Prince aux affaires expert,
Que tout Roy doit sçauoir & doit mettre en pratique,
De ne perdre le soin de la chose publique,
Car perdant le public, soy-mesmes il se pert.

XIX.

L'oyseau cede au Daufin, tant prompte est son adresse,
La flesche au decocher n'a point tant de vitesse,
Le Prince pour l'Estat doit agir promptement,
Mais de vitesse lente, & non point temeraire,
Vn grand Roy doit auoir en bouche, d'ordinaire,
La deuise d'Auguste, HASTE TOY LENTEMENT.

XX.

Vn Daufin embrassant vne Anchre au mi-lieu prise,
Estoit artistement le Cors de la Deuise,
Le Daufin figuroit vn Esprit prompt-soudain,
De la tardiueté l'Anchre estoit le Symbole,
Pour monstrer qu'vn grand Roy doit, ferme en sa parole,
Estre lent au conseil, & leger à la main.

XXI.

Vespasien aima ceste deuise mesme,
Il fit dans sa monnoye empreindre pour Emblesme,
Vn Daufin embrassant vne Anchre d'vn costé,
De l'autre, son Image en relief comme viue,
Pour monstrer vne humeur diligente-tardiue,
Requise en vn grand Roy, pour sa prosperité.

Le Daufin

XXII.

Le Daufin naist sans fiel, c'est vn secret mystère,
Qu'vn Prince tout parfaict doit estre sans colère;
Il acquiert en dix ans, sa grandeur iustement,
Et vn Roy deuient grand en fort peu de iournées,
Sa tutelle finit apres quatorze années,
Car les enfans des Dieux, croissent en vn moment.

XXIII.

Le Daufin vit long temps, vn Roy doit long temps viure,
Pour faire vn siecle d'or, d'vn, qui estoit de cuiure,
Et bien-heurer son Peuple, assis en vn bon port:
Du sens de l'odorat, le Daufin seul excelle
Entre tous les Poissons, c'est vn parfaict modelle
D'vn Prince preuoyant, & prudemment accort.

XXIIII.

Entre les animaux, par instinct de Nature,
Le Daufin seul aymant l'humaine Creature,
Sans en tirer profit, l'assiste à son besoin;
Mais d'vne amour plus grande, & qui au vif le pique,
Le Daufin ayme ceux, qui ayment la Musique,
Et entre tous mortels, il en a tousiours soin.

XXV.

De mesmes vn grand Roy, d'vne amour paternelle,
Ayme tous ses subiects, tout son Peuple fidelle,
Mais entre tous il doit aymer ces beaux Espris,
Qui seruent à son siecle, apres luy, de lumiere,
Et d'vne affection vers eux particuliere,
Recognoistre leur fruit, leur merite, & leur pris.

XXVI.

Les Daufins curieux du droit de sepulture,
Des hommes morts en mer, pleignent leur aduanture,
Et en portent les cors aux riuages prochains,
Pour estre des passans, enseuelis en terre,
Ainsi qu'en vn conuoy, ils y courent grand'-erre,
Les gardant de l'assaut des poissons inhumains.

XXVII.

En l'ame d'vn grand Roy, la pieté domine,
Si ses subiects ont mal, il en pleint la ruïne,
Tousiours se souuient d'eux, mesme apres le trespas,
Et du dernier deuoir il veut qu'on les honore,
Ne permettant iamais que leurs biens on deuore,
Si le maling les peint, autres, qu'ils n'estoient pas.

XXVIII.

L'amitié des Daufins est en mer sans compagne,
Tousiours vn grand Daufin les petits accompagne,
Comme leur Protecteur, pour leur donner secours;
Les Princes, dont l'Estat est petit de fortune,
Pour se mettre à-l'abry contre toute infortune,
A l'ombre d'vn grand Roy doiuent auoir recours.

XXIX.

Les Daufins en faisant leurs courses vagabondes,
Trouuans vn homme mort, cognoissent dans les ondes,
Si de leurs compagnons il a iamais gousté;
Ils le vont deuorant d'vn appetit extresme,
Et reputent ce tort, comme faict à eux-mesme,
Tant ils ayment leur race auec extremité.

XXX.

Vn grand Roy terrassant les plus forts aduersaires,
Doit l'iniure vanger, qui touche ses Confreres,
Espouser leur querelle, & leurs iustes partis;
Car par reflexion, cest outrage le touche,
Il est faict à luy-mesme, estans tous d'vne couche,
Du sang de Iupiter, comme freres sortis.

XXXI.

Neptune a des Daufins tousiours soubs sa statuë,
Dieu (par qui des Tyrans la rage est abbatuë,
Par qui seul tout Roy regne, & commande çà-bas)
A tousiours les Daufins de la terre, en sa garde,
Dieu seul, est des grands Rois la vraye sauue-garde,
Et leur sert de bouclier au mi-lieu des combas.

XXXII.

Neptune ayme vn Poisson, dont la conduite sage
Guide mal-gré les flots, les vaisseaux au riuage,
Poisson sainct & sacré, presque à nous incognu,
Nommé POMPILE *en Grec, qui a ce priuilege,*
Qu'on n'en peut pas manger, sans estre sacrilege,
Et sans estre puny, tant il est sainct tenu.

XXXIII.

On tient que si par faim, ou par autre infortune,
Le Daufin mange vn iour, ce mignon de Neptune,
Ce Pompile sacré, qu'il deuient tout perclus;
Soudain la Mer l'eslance, & le iette à sa riue,
Où d'oyseaux de marine, vn regiment arriue,
Qui de griffe & de bec, le deschirent sans-plus.

XXXIIII.

L'Eglise, du grand Dieu & l'Espouse & la Fille,
Nous est representée, au vif par le Pompille,
Seule, au port de salut, elle nous va guidant;
C'est Dieu mesme outrager, que de luy faire outrage,
Et quiconque l'offence, éprouue à son dommage,
Que de Dieu, tost ou tard, le courroux est ardant.

XXXV.

C'est à vn grand Monarque, vn aduis salutaire,
De ne violer point les loix du Sanctuaire,
Et comme vous (grand Roy) de rendre honneur à Dieu:
Le Roy, qui contre Dieu, & l'Eglise se bande,
Souffre en fin, bien que grand, vne peine tres-grande,
Et Dieu diuinement le punit en tout lieu.

XXXVI.

Doux foucy de mon Roy, Prince, auquel est promise,
La gloire d'estre vn iour, fils aisné de l'Eglise,
Daufin du plus grand Roy, qui viue en l'vniuers:
Vueille le Ciel sans fin, bien-heurer vos années,
Vous bailler les lauriers, promis des Destinées,
Et qu'vn iour vous preniés, quelque goust à ces vers.

XXXVII.

Le premier de nos Rois, que remarque l'histoire
Auoir eu du Daufin & le nom & la gloire,
Fut du titre de SAGE, à son regne honoré:
Face vn iour le Destin, que ce titre vous serue,
(Alexandre nouueau) de chanson de Minerue,
Estant à la vertu, par ce titre attiré.

XXXVIII.

Grand Prince, grand Daufin, vous aués pris naissance,
Au mois que le Soleil arriue en la Balance,
Le Ciel, par là vous monstre, à reuerer les lois,
A punir les meschans, à corriger le vice,
La Balance est la marque, & l'outil de Iustice,
Et le lict de Iustice, est le vray lict des Rois.

XXXIX.

Ie chante bien plus haut, que vous Prince, & le Monde,
Tenés d'vn mesme mois, vostre estre, où tout abonde,
(Car du Monde en Septembre, est creé le contour,)
Peut estre, pour monstrer, qu'au Sceptre de la France,
Digne fils de mon Roy, secondant sa vaillance,
Grand Prince, vous ioindrés tout l'Vniuers vn iour.

XL.

Cette humeur martiale, au mi-lieu d'vne enfance,
Nous en donne vne augure, ainçois vne esperance,
(Les fils de Iupiter, tousiours volent aux Cieux,)
Ie voy, comme au miroir, en vous, l'Achil d'Homere,
Desireux d'endosser les armes, que sa Mere,
Luy auoit faict forger, par l'Armeurier des Dieux.

XLI.

Achille les voyant, futur Chef de gens-d'armes,
Saute de place en place, à l'entour de ces armes,
Il boult d'impatience, ains plustost de valeur:
Ardent, prompt à la main, tout en feu de courage,
Monstrant quel il doit estre, au plus bas de son age,
Et peignant l'aduenir, d'vne viue couleur.

XLII.

DAVFIN, *du plus grand Roy, & du plus redoutable,*
Et du plus redouté, de la terre habitable,
Viuant pourtraict d'Achile, en cette belle humeur,
C'est le bruit esclattant, des faicts de vostre Pere,
(Que l'Vniuers admire, & la France reuere,)
Qui sans fin vous reueille, & vous pique d'honneur.

XLIII.

Entrés, braue Daufin, au bruit de ses Trophées,
Dignes des plus beaux vers des plus rares Orphées,
Au Temple de l'Honneur, par cil de la Vertu,
Soyez vn Themistocle, à la France malade,
Au bruit des faicts guerriers de ce grand Miltiade,
Au-tant de fois vaincueur, qu'il s'est veu combatu.

XLIIII.

Mais quoy! Muse, il est temps, de sonner la retraitte,
Ie suis pour vn Daufin, trop indigne trompette,
Il est temps, que ie mette, à ces vers vne fin;
Ce subiect tout-Royal, merite vn plus haut stile,
Et de le peindre au vif, il m'est plus difficile,
Qu'il n'est pas de lier, par la queuë, vn Daufin.

FIN.

www.ingramcontent.com/pod-product-compliance
Ingram Content Group UK Ltd.
Pitfield, Milton Keynes, MK11 3LW, UK
UKHW021019220726
13924UKWH00001B/79

9 782019 970871